VERLAG
BEGEGNUNGEN

ISBN 978-3-9814784-6-4

Christine Goeb-Kümmel
Sternschnuppenlicht
Aus dem Leben eines Straßenhundes

5. überarbeitete Auflage 2019

Fotos Zebulon: Christine Goeb-Kümmel
Illustrationen im Innenteil: Christine Goeb-Kümmel
Hintergrundfoto Titel und Buchrückseite:
© @nt - Fotolia.com

Gestaltung: Elke Mehler
www.querwerker.de

Korrektorat: Gisela Polnik

Verlag: Begegnungen, Schmitten
www.verlagbegegnungen.de

Gedruckt in Deutschland

Sternschnuppenlicht

Die Geschichte eines Hundes,
der seine Heimat sucht

Christine Goeb-Kümmel

Gewidmet den Straßenhunden von Cluj / Rumänien
und allen Straßenhunden dieser Welt

Vorwort

Dies ist die Geschichte von Lobo – einem ganz gewöhnlichen rumänischen Hund.

Seine Geschichte spielt zwar in Rumänien, sie könnte jedoch auch aus jedem anderen Land der Welt erzählt werden; aus jedem Land, in dem es Hunde gibt, die kein Zuhause haben und auf der Straße leben.

Es ist eine außergewöhnliche Geschichte mit besonderen Wendungen. Doch im Großen und Ganzen zeigt sie das Alltagsleben, das viele Straßenhunde führen – wenig beachtet, unerwünscht oder gar misshandelt, hilflos und schutzlos, zumeist auf der Flucht, stets hungrig und immer nur auf sich selbst gestellt. Dabei jedoch, trotz allem, den Menschen zugetan und dankbar für menschliche Nähe und Zuwendung.

Möge Lobos Geschichte ein Bewusstsein dafür wecken, dass diese Hunde Lebewesen sind, die Freude und Leid empfinden können, die niemandem etwas zuleide tun und die es verdient und das Recht darauf haben, dass auch ihnen kein Leid angetan wird.

Vielleicht möchten Kinder, die diese Geschichte lesen oder die sie vorgelesen bekommen, Lobos Welt ein bisschen bunter malen? Und wenn sie dabei an all diejenigen denken – ob Menschen oder Tiere –, deren Leben nicht bunt und fröhlich ist, dann werden diese guten Gedanken sicherlich die Welt etwas lichtvoller machen.

Lobo streifte durch die Straßen seines vertrauten Reviers, wie an jedem Tag; wie an jedem Tag, seit er hierhergekommen war, hierher an diesen Ort. Sein ursprüngliches Zuhause war die weite, malerische Hügellandschaft am Fuße eines majestätischen Gebirges, weit weg vor den Toren dieser Stadt. Oft dachte er wehmütig an die wunderbare, vertraute Landschaft. Dort war er geboren worden und hatte die ersten Jahre seines Lebens in Freude und Sorglosigkeit verbracht. Es waren unbeschwerte Jahre gewesen, glücklich und frei. Er lebte auf einem kleinen Hof, umgeben von reiner, ursprünglicher Natur. Der Hof gehörte einem alten Mann, der eine starke Verbundenheit hatte zur Erde, auf der er lebte, und zu allen Lebewesen, ob Mensch oder Tier. Er war gütig und liebevoll zu den Tieren, die bei ihm wohnten, spürte und wusste er doch, dass auch sie Geschöpfe des Himmels sind und Schmerz und Leid, aber auch Glück und Freude genauso empfinden konnten wie er selbst. Auch wenn sie in unterschiedlichen Sprachen kommunizierten, so verstanden sie sich trotzdem, denn sie sprachen von Herz zu Herz und von Seele zu Seele.
Das Wenige, das er hatte, teilte er mit seinen Tieren. Er empfand es als beglückend zu teilen, denn das, was seine Tiere ihm dafür gaben, nämlich Treue und bedingungslose Liebe, machte ihn reicher als alles Geld der Welt.

Doch das Glück konnte nicht bleiben – es kamen schwere Zeiten. Als Lobo zwei Jahre alt war, wurde der alte Mann sehr krank und starb. Lobo lag zu seinen Füßen, als sein geliebter Mensch die Augen für immer schloss. Und als der Hund spürte, dass die Seele des alten Mannes in den Himmel flog, hob er den Kopf und erblickte am nächtlichen Himmel eine wunderschöne Sternschnuppe, die sich zwischen Millionen von Sternen ihren Weg bahnte. Er schaute ihr hinterher und empfand ein tröstendes Licht sowie eine wohlige Wärme in seinem Körper. Die Sternschnuppe schien ihm ein Zeichen der Hoffnung und der Liebe zu sein, sie schien dem alten Mann den Weg zu weisen. Wie die meisten Tiere konnte Lobo den Tod akzeptieren, hatte er doch das tiefe innere Wissen, dass keine Seele verloren ging, sondern nur vorausging, voraus an einen anderen Ort.

★

Mit dem Tod des Menschen, der seit seiner Geburt für Lobo gesorgt hatte und für ihn da gewesen war, sollte alles anders werden. Es bahnten sich Geschehnisse an, die sein Leben drastisch verändern sollten.

Die Kinder des alten Mannes, die weit entfernt in einer großen Stadt lebten, reisten an, um ihr Erbe zu besichtigen. Jedoch interessierten sie sich nicht für das einsame Gehöft und nicht für das Land, mit dem der alte Mann so stark verbunden gewesen war. Sie planten, das Haus und den Stall, die Felder und Wiesen schnellstmöglich zu verkaufen; die Tiere, die hier lebten – unter ihnen auch Lobo –, jagten sie lärmend vom Hof.

Lobo verstand die Welt nicht mehr. Er rannte ängstlich davon. In einiger Entfernung jedoch blieb er stehen. Er begriff nicht, was ihm geschah. Einige Male versuchte er zurückzukehren zu dem Platz, der sein Zuhause gewesen war. Doch die fremden Menschen hatten nur Tritte für ihn und bewarfen ihn mit Steinen. Er suchte Schutz auf einem nahen Hain. Von einer kleinen Anhöhe aus konnte er den Hof überblicken, den Hof

und die vertrauten Gebäude, die ihm sein bisheriges Leben lang Schutz und Zuflucht gewesen waren.
Einige Tage und Nächte verbrachte er dort oben, traurig und alleine.

Eines Morgens beschloss er, ein letztes Mal zu versuchen, heimzukehren. Lobo schlich auf das Grundstück, angstvoll und vorsichtig. Doch da war niemand, der ihm etwas zuleide hätte tun können. Die fremden Menschen waren nicht mehr da, das Haus war verschlossen, Türen und Fenster mit Brettern vernagelt. Er streifte über den vertrauten Hof. Der war leer und verlassen, genauso verlassen wie die angrenzenden Ställe und Schuppen.

Einsamkeit und Kummer, Verlassenheit und auch Angst stiegen in ihm auf. Was sollte nun aus ihm werden? Der Winter nahte, jedoch schien hier kein Leben mehr für ihn möglich zu sein. Traurig verließ er das Grundstück. Doch kehrte er nicht zurück zu dem angrenzenden Hain, der ihm Zuflucht gewesen war in den letzten Tagen, sondern er ging zu der staubigen kleinen Straße, die von seinem Hof wegführte. Dort angekommen blieb er zunächst unschlüssig stehen. Noch nie hatte er sich in dieser Richtung weit von seinem Hof entfernt, er wusste nicht, wohin diese Straße führte. Das weite, ursprüngliche Land, das sich auf der anderen Seite des kleinen Hofes erstreckte, kannte er indessen nur zu gut. Wie oft war er dort gewesen, alleine auf seinen Streifzügen oder zusammen mit dem alten Mann. Das Land hatte ihnen Nahrung gegeben und sie tiefe Erdverbundenheit spüren lassen, es machte ihn sehr traurig, diesen Ort verlassen zu müssen. Doch blieb ihm keine Wahl, der Winter stand vor der Tür, ohne Schutz und auf sich alleine gestellt, würde er hier nicht überleben können.
Lobo beschloss, der Straße zu folgen. Er ging einfach vorwärts,

immer weiter und weiter. Es schmerzte sehr, die vertraute Heimat zu verlassen. Aber irgendwann, nachdem er die Gebäude hinter sich nicht mehr erkennen konnte, wusste er, dass er nun nicht länger zurückblicken durfte. Es war wichtig, den Blick nach vorne zu richten. Er war nun auf sich alleine gestellt, aber er wollte leben, und vielleicht war irgendwo auf der Welt ein Platz für ihn, ein Ort, an dem er wieder glücklich werden konnte.

Die Landschaft, durch die er nun wanderte, veränderte kaum ihr Gesicht. Rechts und links des Weges erhoben sich noch immer die mächtigen Berge, deren Anblick Lobo seit seiner Kindheit so gut kannte. Am Horizont erkannte er noch höhere Berge und ab und zu überquerte er Bäche und Flüsschen über morsche hölzerne Brücken.

Nach einigen Tagen Fußmarsch auf der schmalen Landstraße veränderte sich die Umgebung. Die Berge am Horizont erschienen nun nicht mehr so hoch. Zwar war die Landschaft noch immer hügelig, doch weniger majestätisch und kantig, stattdessen zeigte sie sich weich und geschwungen. Die steinigen Geröllfelder gingen über in eine sanfte Graslandschaft. Außer einigen Wildtieren war hier niemand unterwegs, kein Mensch und auch kein anderer Hund.

Am Abend des fünften Tages seiner Wanderschaft, es wurde bereits dunkel, erreichte Lobo eine Wegkreuzung. Hier mündete die staubige kleine Straße in eine größere ein, und es dauerte nicht lange, bis erste Autos an ihm vorbeirasten. Er war mittlerweile sehr erschöpft. Zwar war es ihm möglich gewesen, sich in der Wildnis zu ernähren, und auch an Wasser mangelte es ihm nicht, doch er war müde und seine Pfoten schmerzten. Er sah das Unglück nicht kommen. Das Auto näherte sich von hinten mit hohem Tempo. Der Anblick des am Straßenrand trottenden Hundes, der wegen seines weißen Fells trotz der hereinbrechenden Dunkelheit noch gut zu erkennen war, schien den Fahrer nicht zu veranlassen, sein Fahrzeug abzubremsen. In diesem Moment strauchelte Lobo vor Müdigkeit, das Auto erfasste ihn und schleuderte ihn durch die Luft. Weder der Fahrer noch die Menschen in den anderen vorbeifahrenden Autos interessierten sich für den Hund, der an den Rand eines an die Straße grenzenden Grabens geschleudert wurde. Niemand hielt an oder machte sich auch nur Gedanken um den schwer verletzten Lobo. Viele Autos fuhren vorbei. Vielleicht saßen in dem einen oder anderen Fahrzeug Menschen, die Mitgefühl gehabt hätten mit dem Leid des Hundes, doch die, die den Unfall nicht miterlebt hatten, konnten Lobo nicht liegen sehen, das hohe Gras des Grabens verdeckte ihn.

★

Erst Stunden später kam Lobo wieder zu Bewusstsein. Hilflos, mit gebrochenen Beinen, unfähig sich zu bewegen lag er in dem Graben – Tage und Nächte. Er fror, war hungrig und durstig, die Schmerzen quälten ihn, Einsamkeit und Verlassenheit umhüllten ihn. Mit letzter Kraft kroch er eines Abends aus dem Bewuchs des Grabens heraus. Er lag nun gut sichtbar am Straßenrand, traurig und unendlich alleine. Viele, viele Autos fuhren an ihm vorbei, oft so dicht, dass er den Luftdruck spüren konnte. Er war mittlerweile so schwach, dass er die Augen nicht mehr öffnen konnte.

Während er den nahenden Tod fühlte, stieg die Erinnerung in ihm auf, die Erinnerung an sein früheres, behütetes Leben; an die grünen Wiesen seines Zuhauses, das wärmende Feuer in der gemütlichen Stube und an die freundliche Zuneigung des alten Mannes. Plötzlich glaubte er, im dunklen Nachthimmel eine Sternschnuppe zu sehen, die ihn wie tröstend in warmes Licht zu hüllen schien – und dann verlor er das Bewusstsein.

★

Das gleißend helle Licht blendete ihn durch die geschlossenen Augenlider. Wie durch eine Schicht aus Watte nahm er Stimmen wahr. Es waren menschliche Stimmen. Instinktiv verkrampfte sich sein Körper, Angst stieg in ihm auf. Wo war er? Was war mit ihm geschehen? Er fühlte in sich hinein. Da waren weder Schmerz noch Kälte zu spüren, deshalb entspannte er sich wieder ein wenig. Lobo öffnete die Augen und erblickte das Gesicht einer jungen Frau, die ihn freundlich anlächelte.

Die junge Tierärztin freute sich darüber, dass ihr Kampf um das Leben des schwer verletzten Hundes nicht vergeblich gewesen war. Nun sah es so aus, als hätte er das Schlimmste überstanden. Die gebrochenen Beine waren geschient worden, die Fleischwunden vernäht. Er war sehr schwach gewesen durch den hohen Blutverlust. Hätte ihn der kleine Junge nicht zufällig im Vorbeifahren entdeckt und die Eltern bedrängt, zurückzufahren und nach dem Hund zu schauen, dann hätte er den nächsten Tag mit Sicherheit nicht mehr erlebt. Er musste schon einige Tage so schwer verletzt am Straßenrand gelegen haben. Zum Glück waren die Eltern des Jungen herzliche und tierliebe Menschen. Sie hatten den bewusstlosen Hund mitgenommen und hierher gebracht, hierher in die Tierklinik der entfernten Stadt, zu der sie zu Verwandten unterwegs gewesen waren.

Die junge Frau, die erst seit Kurzem in dieser Klinik arbeitete, war dankbar für jeden Menschen, der wie sie die Tiere liebte und Hilfe leistete, dort, wo sie nötig war. So vielen Menschen in ihrem Land war das Schicksal der Tiere egal, das erfüllte sie mit großer Traurigkeit.

Ihr Blick fiel wieder auf den Hund. Er war ein schmächtiger, mittelgroßer, fast weißer Rüde, ein Hund, wie es viele gab hier in der Stadt. Er war objektiv gesehen nicht außergewöhnlich; beeindruckend waren allerdings seine hellen, ausdrucksstarken Augen, die, umgeben von einem schmalen Ring aus schwarzem Fell, nun etwas fragend in die Augen der jungen Tierärztin blickten. Ansonsten war er weder stattlich noch besonders schön, schon gar kein Rassehund; aber er war ein Hilfe suchendes Geschöpf, das ihren Schutz brauchte und vor allen Dingen im Moment auch ihr medizinisches Können. Es erfüllte sie mit Stolz und Zufriedenheit, dass sie in der Lage war, ein schwer verletztes, hilfloses Wesen vor dem Tod zu retten. Sie wusste, genau wie die Menschen wünschten sich auch die Tiere, in Frieden und Gesundheit leben zu dürfen, und einmal mehr war sie dankbar dafür, diesen Beruf gewählt zu haben. Auch wenn es in dem Land, in dem sie lebte, noch viele Menschen gab, für die ein Hund keinen Wert hatte, so wurde doch die Anzahl derjenigen immer größer, die fühlten, dass Hunde viel zu geben haben, dass sie liebenswerte Geschöpfe sind, dankbar für Zuneigung und gute Behandlung.

Es dauerte viele Wochen, bis Lobo wieder laufen konnte. Die Zeit der Genesung verbrachte er bei einer freundlichen Frau, die bereits eine große Anzahl kranker Tiere gesund gepflegt hatte und dies als erfüllende Aufgabe sah. Er teilte sich ihre kleine Wohnung mit einigen anderen Hunden und mehreren Katzen. Die Räumlichkeiten waren beengt, einen Garten gab es nicht, und vor dem einzigen Fenster des kleinen Raumes, in dem er lag, brausten die Autos vorbei.

Lobos Blick fiel des Öfteren aus diesem Fenster. Er hörte dann nicht nur den Lärm der Autos, sondern konnte sie auch sehen. Er sah, wie sie vorbeifuhren; graue schmutzige Autos vor der tristen Fassade des Hauses auf der gegenüberliegenden Straßenseite.

Irgendwann fielen erste Schneeflocken auf die Fensterbänke des alten Hauses, und auch auf dem einen oder anderen Autodach konnte er Schnee erkennen. In der Stadt kehrte der Winter nun offensichtlich mit Macht ein. Durch die alten Fenster pfiff der Wind, doch die Frau machte es den Tieren so warm und gemütlich, wie sie nur konnte und teilte alles mit ihnen, was sie besaß.

Sie war liebevoll und freundlich zu ihm. Aber immer wieder dachte er sehnsüchtig an die grünen Hügel seiner Heimat und die majestätischen Berge am Horizont. Die Hügel waren nun höchst wahrscheinlich schneebedeckt, und auch das Dach des kleinen Hauses hatte mittlerweile sicherlich eine dicke weiße Mütze aus Schnee. Doch er wusste, kein Feuer brannte mehr für ihn in dem alten Ofen aus Stein. Traurig erinnerte er sich an die langen Abende am Feuer, die er neben dem Lehnstuhl des alten Mannes verbracht hatte, in stummer Zwiesprache mit ihm und der Natur, in der sie lebten.

Er wusste nicht, wo er selbst jetzt war und wie weit seine Berge von diesem Ort entfernt waren. Würde er sie jemals wiedersehen?

Gegen Ende des Winters war Lobo so weit wieder genesen, dass die alte Frau die befreundeten Tierschützer informieren konnte. Diese machten sich sogleich auf die Suche nach einem Zuhause für ihn. Die Freude war groß, als dies schon nach kurzer Zeit gelang. Ein junges Paar wollte Lobo aufnehmen, und so zog er bereits wenige Tage später in eine kleine Wohnung am anderen Ende der Stadt. Wieder musste er einen Trennungsschmerz durchleben, hatte er doch eine intensive Beziehung aufgebaut zu der freundlichen alten Frau, die ihn gepflegt hatte. Doch er konnte nicht bleiben, andere sehr kranke Tiere beanspruchten nun seinen Platz. Es gab nicht viele Menschen, die sich bereit erklärten, kranke Tiere zu pflegen. Deshalb musste er seinen Platz räumen, obwohl es auch der liebevollen Frau nicht leichtfiel, ihn wieder herzugeben. Sie hatte den ruhigen, sanften Hund sehr lieb gewonnen.

Das junge Paar, das ihn aufgenommen hatte, war nicht unfreundlich zu ihm, doch waren die beiden Menschen ungeübt im Umgang mit Hunden und hatten sich keine Gedanken darüber gemacht, welche Bedürfnisse ein Hund hat. Sie gingen zur Arbeit und sperrten ihn währenddessen viele Stunden, manchmal sogar den ganzen Tag, in einen winzigen Hinterhof, in den die Sonne niemals schien. Sein einziger Schutz gegen strömenden Regen war ein kleines Holzdach, nicht einmal so groß, dass Lobo sich komplett darunter kauern konnte. Oft gingen die jungen Leute auch abends aus und überließen Lobo immer häufiger sich selbst. Sie mochten ihn gerne auf ihre eigene Art, doch sie waren gedankenlos und nicht in der Lage, für ihn zu sorgen. Sie spürten nicht seine Gefühle und fühlten nicht sein Leid. Lobo lag meist zusammengekauert in dem schmutzigen Hinterhof, litt sehr unter der Einsamkeit und begann sich aufzugeben.

Der einzige Schutz gegen strömenden Regen war ein kleines Holzdach, nicht einmal so groß, dass Lobo sich komplett darunter kauern konnte.
Doch stets leuchtete der Stern der Hoffnung über ihm, auch wenn er ihn in seiner Not nicht sehen konnte.

Den Nachbarn war der Hund von Beginn an ein Dorn im Auge gewesen. In der ersten Zeit fühlten sie sich gestört durch sein Jaulen, Bellen und Winseln. Das hatte nun mittlerweile aufgehört, da Lobo begonnen hatte, sich in sein Schicksal zu ergeben, er war still geworden. Doch nun störte der Geruch und die Reste des verdorbenen Futters zogen die Ratten an. Kein Anwohner wollte den Hund hier haben, und eines Morgens öffnete irgendjemand die Tür des Hinterhofs und jagte Lobo davon.

Lobo irrte durch die Straßen. Er entfernte sich immer weiter von dem kleinen Hof, in dem er monatelang gefangen gewesen war. Seine Muskulatur war verkümmert, sein Gang holprig und schwerfällig geworden. Die Stadt war ihm fremd und sie war laut, die Autos und die Menschen ängstigten ihn. Die meisten Menschen schienen ihn zwar nicht zu beachten, trotzdem machte er um alle einen großen Bogen.

Er war nun drei Jahre alt, ein junger Hund noch und einer von vielen in der großen Stadt. Er, der in der Natur aufgewachsen war, tat sich sehr schwer an diesem Ort, doch musste er sich irgendwie durchschlagen. Sein Jagdgeschick nützte hier nicht viel, hier galt das Recht des Stärkeren. Lobo war friedlich und konfliktscheu und manches Mal musste er hungern, da er sich gegen die, die rücksichtslos ihr Recht forderten, nicht wehren konnte. Er wurde zum Einzelgänger und lief vor anderen Hunden davon.

Die Jahre vergingen. Besonders die langen, kalten Winter waren eine Qual für die Hunde. Vor allem die, die wie Lobo zurückhaltend und vorsichtig waren, litten sehr unter Hunger und den Wetterbedingungen. Die besten, sichersten Unterschlüpfe und die ergiebigsten Futterstellen wurden von anderen beansprucht, oft blieben für Lobo nur wenige Krummen und Ruheplätze unter freiem Himmel. Immer stärker wurde sein Wunsch, hier wegzugehen, zurückzukehren nach Hause, auf den kleinen Hof in der friedlichen Hügellandschaft am Fuß der Berge. Doch er wusste nicht wie, wusste nicht, in welche Richtung er gehen sollte. Aber Lobo wollte und konnte so nicht weiterleben. Besonders die Ablehnung der anderen Hunde und die damit verbundene Einsamkeit machten ihm sehr zu schaffen. Seine Verzweiflung war groß.

★

Eines Abends – Lobo lebte nun bereits seit drei Jahren in den Straßen dieser Stadt – sollte sich zumindest dieser Zustand für ihn ändern. Ein fremder zotteliger Hund tauchte auf und gesellte sich zu Lobo. Niemand konnte sagen, woher er gekommen war. Er war ungewöhnlich groß, deshalb war Lobo zuerst angstvoll vor ihm zurückgewichen. Doch der Große signalisierte ihm, dass er in Frieden gekommen war. Lobo spürte schnell, dass von dem riesigen Hund tatsächlich keine Gefahr ausging.

Die beiden wurden Freunde und mit der Zuneigung des fremden Hundes wurde Lobos Leben ein klein wenig lichtvoller. Er verbrachte die Tage nun nicht mehr alleine; außerdem verhalf die beeindruckende Größe des Hundes auch Lobo zu Respekt vonseiten der anderen Straßenhunde.

Doch das kleine bisschen Glück, das für Lobo Einzug gehalten hatte, wurde jäh zerschlagen. Die Menschen des Stadtviertels fürchteten den großen Hund. Obwohl er stets freundlich und zurückhaltend war, niemandem zu nahe kam und keinesfalls auffällig wurde, ruhten die Anwohner nicht und verständigten die Hundefänger.

Lobo und sein großer Freund konnten nicht fassen, was ihnen geschah, als sie eines Morgens gewaltvoll eingefangen und in einen vergitterten Kastenwagen geworfen wurden. Da er sich dicht bei seinem Freund aufgehalten hatte, war auch Lobo mitgenommen worden. Alles ging so schnell, dass sie nicht in der Lage gewesen waren, davonzulaufen, hatten sie doch mit keinem Gedanken einen solchen Angriff erwartet. Sie hatten doch niemandem etwas zuleide getan, warum ließ man ihnen nicht ihr ärmliches, karges Leben auf der Straße? Warum durften sie nicht in Frieden hier bleiben?

Die beiden Hunde kauerten zitternd in dem Wagen, der sie in die städtische Tierauffangstation brachte. Sie fürchteten sich und hatten erbärmliche Angst, als der Wagen schließlich anhielt und die Klappe geöffnet wurde. Sie duckten sich auf den Boden, versuchten zwar den Griffen der Männer zu entgehen, doch niemals hätten sie sich gewehrt und die Menschen verletzt. Stattdessen ließen sie über sich ergehen, was kommen sollte. Sie wurden nicht verletzt und nicht misshandelt, doch das, was dann kam, war schlimmer, als Misshandlung hätte sein können – sie wurden getrennt.

Lobo sperrten sie in einen Gitterkäfig, der sich direkt neben dem Eingangstor des Areals befand. Sein großer Freund wurde von ihm weggezerrt und in den hinteren Bereich der Anlage gebracht. Lobo drückte sein Gesicht gegen die Gitter und sah ihn in dem dunklen Gang verschwinden.
Er sollte ihn nie wiedersehen ...

Lobo hatte seinen einzigen Freund verloren. Hilflos und verängstigt drückte er sein Gesicht gegen die verrosteten Gitterstäbe seines Gefängnisses.

Seine Trauer war unermesslich. Meist kauerte er im hinteren Bereich des Verschlags, mit stumpfem, teilnahmslosem Blick und hängendem Kopf, oftmals das Gesicht abgewendet. Er blickte selbst dann nicht auf, wenn jemand vorbeiging. Das Futter, das man ihm hinstellte, rührte er kaum an. Der Mangel an Nahrung, die Trauer und die Kälte ließen ihn immer magerer werden. Nur selten hob er den Kopf, er hatte kein Interesse mehr an dieser Welt. Seine einzige Freude war der wöchentliche Besuch einer freundlichen Frau, die regelmäßig nach den Hunden schaute und ab und zu den einen oder anderen Hund mitnahm – wohin, das wusste Lobo nicht.

Viele Hunde saßen hier, wie er, in Käfigen und Verschlägen. Die meisten waren sehr junge Hunde, die jammernd und klagend gegen ihr Schicksal ankämpften. Sie waren noch Kinder, wollten spielen und toben und wehrten sich mit der Kraft ihrer Jugend gegen die Beraubung ihrer Freiheit und die bedrückende Enge. Aber auch ältere und selbst sehr alte Hunde waren hier eingepfercht. Sie warteten meist geduldig, in der Hoffnung, dass jemand kam, der nett zu ihnen war.

Lobo beachtete die anderen Hunde kaum. Sein einziger guter Freund war ihm genommen worden und die, die ihn auch auf der Straße nicht beachtet hätten, waren ihm egal. Einzig die sehr jungen Hunde rührten sein Herz. Die, die gerade geboren waren, erst wenige Wochen auf dieser Welt weilten und nun bereits zu Gefangenschaft oder gar zum Tod verurteilt waren, ohne je wirklich gelebt zu haben.

Seine Sehnsucht nach dem kleinen Hof in den Hügeln, nach den Abenden am wärmenden Feuer, nach dem Schutz, der Geborgenheit und der Liebe des alten Mannes wurde unerträglich stark und schmerzhaft.

Lobo verstand nicht, warum das alles geschah. Er hatte niemandem etwas zuleide getan. Er brauchte doch nicht viel, ein bisschen Futter und ein trockenes Plätzchen. Aber das, was er dringend benötigte, dringend wie die Luft zum Atmen, war das Licht der Sonne, Bewegung und Freiheit.

Viele Wochen verbrachte er seine Tage und Nächte damit, in der Ecke des schmutzigen, feuchten Käfigs zu liegen und von seiner Heimat zu träumen. Sein Körper zerfiel immer mehr, er litt sehr unter den Zuständen in diesem Gefängnis.

Man fragt sich, ob Leid und Einsamkeit vielleicht sogar für diejenigen schwerer zu ertragen sind, die bereits in ihrer Vergangenheit spüren durften, was Liebe und Geborgenheit bedeuten. Viel schwerer vielleicht als für diejenigen, die bisher nie in ihrem Leben Liebe, Zuneigung, Geborgenheit und Sicherheit erfahren hatten ...

An einem Tag, der wie alle anderen, die er bisher hier verbracht hatte, begonnen hatte, sollte sich alles für ihn ändern. Die freundliche Frau, die immer ein gutes Wort für ihn hatte, ging diesmal nicht nur vorbei, sondern sie betrat seinen Verschlag. Lobo war sehr schwach, doch nun hob er ungläubig den Kopf. Die Frau strich sanft über seine Stirn und sprach ihn freundlich an. Zittrig erhob er sich und wie selbstverständlich lief er schwankend neben ihr her, als sie ihm bedeutete, mit ihr zu kommen.

Sie hob ihn in ihr Auto. Als es sich in Bewegung setzte, nahm er wie durch einen Schleier wahr, dass er den Ort verlassen durfte, an dem er seit vielen Monaten gefangen gewesen war. Doch die Trauer um seinen Freund, von dem er nicht wusste, was mit ihm geschehen war, trübte seine Gedanken. Freude konnte er nicht empfinden, dazu war er zu schwach, aber er spürte Dankbarkeit und leckte seiner Retterin zaghaft über die Hände.

Lobo wurde in die Klinik gebracht, die er schon kannte. Wie viele Jahre waren vergangen, seit er hier nach seinem Autounfall mit schweren Verletzungen erwacht war? Es kam ihm vor wie ein ganzes Leben. Die freundliche Tierärztin war nicht mehr hier. Eine andere Tierärztin untersuchte ihn sorgsam und vorsichtig. Lobo war nicht verletzt oder krank, nur sehr schwach, unterernährt und wie gelähmt vor Trauer. Die Menschen in der Klinik bemühten sich sehr um ihn und bereits nach wenigen Tagen ging es ihm etwas besser. Seine Lebenskräfte kehrten nach und nach zurück. Etwa eine Woche war vergangen, als er die Menschen sagen hörte, er sei nun stark genug und bereit für die Reise.

Welche Reise? Wohin? Lobo verstand nicht, was damit gemeint war. Seine Verwirrung war groß, als er eines frühen Morgens zwar freundlich aber auch mit sanftem Druck in einen kleinen vergitterten Käfig gesperrt wurde. Der Käfig wurde zu einem Transporter getragen, in dem sich bereits viele andere Käfige befanden. In ihnen saßen Hunde, die er nicht kannte. Es herrschte Stille, kein Bellen oder Winseln war zu hören. Selbst die Welpen lagen abwartend in ihren Behausungen und gaben keinen Laut von sich.

Er hatte keine Angst. Zu freundlich gingen die Menschen mit ihnen um, als dass Leid zu befürchten gewesen wäre. Er spürte keine Bedrohung, aber er war unsicher und wusste nicht, was geschehen würde.

Es dauerte nicht lange und der Transporter setzte sich in Bewegung. Es war noch dunkel, als er vom Hof der Klinik rollte, die sich am Rande der Stadt befand.

Schnell gewann das Fahrzeug an Fahrt, bald passierte es die letzten Häuser der Stadt. Lobos Käfig war zuletzt verladen worden. Er stand im hinteren Teil des Fahrzeugs, direkt ne-

ben der teilweise verglasten Heckklappe. In dem Moment, in dem der Transporter auf die Schnellstraße Richtung Westen abbog, sah er für einen kurzen Augenblick den noch nächtlichen Sternenhimmel über der Stadt. Am Horizont, weit hinter den entferntesten Häusern, löste sich plötzlich ein Stern vom Himmel. Er flog mit großer Geschwindigkeit, einen langen, leuchtenden Schweif hinter sich herziehend, hoch über den Himmel nach Osten – in die entgegengesetzte Richtung, in die Lobo nun fuhr.
Niemand außer ihm hatte die Sternschnuppe gesehen. Es schien, als hätte sie sich ganz alleine für ihn gezeigt; vielleicht, um ihm Trost und Hoffnung zu bringen und die Sorge zu nehmen vor der ungewissen Zukunft. Lobo wusste nicht warum, aber er hätte sich gewünscht, die Sternschnuppe v o r sich zu sehen. Er hätte sich gewünscht, sie als richtungsweisendes Zeichen auf seinem Weg in die Zukunft zu sehen, nicht aber bei seinem Blick zurück, zurück zu dem Ort, der nun hinter ihm lag, zu dem Leben, das er nun offensichtlich verlassen würde.

Die Fahrt dauerte viele Stunden. Es wurde Tag und wieder Nacht. Ab und zu stoppte der Transporter, dann kamen die Menschen, um nach ihnen zu sehen. Sie hatten freundliche Worte für jeden Einzelnen, die Hunde wussten nun mittlerweile mit Sicherheit, dass man es gut mit ihnen meinte, dass ihnen diese Menschen kein Leid zufügen würden.

Irgendwann stoppte das Fahrzeug und die Geräusche und die Stimmen fremder Menschen ließen vermuten, dass dies keine der üblichen Pausen war. Schon wurden die seitlichen Schiebetüren geöffnet. Lobo erblickte mehrere Menschen, die er noch nie zuvor gesehen hatte. Sie öffneten seinen und auch noch einige andere Käfige. Er sprang vorsichtig aus dem

Wagen und ging einige zaghafte Schritte. Er sah, dass das Auto in einem geschlossenen Hof stand. Die anderen Hunde, die sogleich eifrig den Hof erkundeten, waren ausnahmslos junge Tiere, die außer sich vor Begeisterung, endlich aus den engen Käfigen befreit worden zu sein, zu toben und zu spielen begannen.

Lobo stand etwas verloren dicht neben dem Transporter, unsicher und ängstlich, denn er wusste nicht wohin dieser Weg ihn führte.

Lobo stand in dem großen Hof, er fühlte sich unsicher und fremd. Er wusste nicht, wo er war, aber er hatte das Gefühl, nicht hierher zu gehören.

Lobo wusste nicht, wo er war und was er hier sollte. Die Stimmung um ihn herum war ausgelassen und freudig, das spürte er zwar, aber er konnte nicht wirklich teilhaben an der Freude. Auch einige andere Hunde, die noch in ihren Transportboxen saßen, schienen skeptisch und ängstlich zu sein, die meisten allerdings sprangen ausgelassen umher und wurden ausgiebig von den anwesenden Menschen begrüßt und bewundert.

Ein kleines Mädchen betrat zusammen mit zwei Erwachsenen den Hof. Sie schauten suchend umher. Als ihr Blick auf Lobo fiel, erhellten sich ihre Gesichter und sie kamen langsam auf ihn zu. Lobo blieb stehen und schaute ihnen entgegen. Zuerst war da der Impuls in ihm, wegzulaufen, doch zum einen war er erschöpft und wusste auch nicht, wohin er hätte laufen sollen, zum anderen hatten diese drei Menschen eine sehr freundliche und angenehme Ausstrahlung. Das kleine Mädchen trat ihm entgegen und schaute ihn mit liebevollen Augen an. Ganz sachte legte sie ihre kleine Hand auf seinen Kopf, doch als sie spürte, dass Lobo sich leicht duckte und versteifte, zog sie sie sofort zurück. Er blickte sie dankbar an und zwischen ihnen knüpfte sich ein erstes zartes Band aus Liebe, Achtung und Vertrauen.

Nach und nach erschienen noch andere fremde Menschen. Diese hatte jedoch nur Augen für andere Hunde. Sie begrüßten Lobo zwar kurz, kümmerten sich aber nicht weiter um ihn.

Es dauerte nicht lange und die ersten Hunde verließen in Begleitung dieser fremden Menschen den Hof. Die Schiebetüren des Transporters wurden wieder geschlossen, auch das Fahrzeug verließ nun das Grundstück. Es sollte noch einige Kilometer weiter fahren, um die noch darin verbliebenen Hunde zu einem anderen Treffpunkt zu bringen.

Lobo spürte, dass dieses Mädchen ein besonderer kleiner Mensch war. Sie war sanft und zärtlich und achtete seine anfängliche Zurückhaltung.

Alle Hunde hatten nun den Hof verlassen, nur Lobo und ein kleiner schwarzer Welpe waren zurückgelassen worden. Der kleine Schwarze sollte hier an diesem Ort einziehen, in das schöne Haus, das zu dem geräumigen Hof gehörte.

Lobo verstand, dass er mit dem kleinen Mädchen und seinen Eltern gehen sollte. Ganz sanft wurde ihm ein mitgebrachtes Geschirr angelegt, er ließ es leicht zitternd geschehen. Zaghaft folgte er den Menschen und verließ mit ihnen den Hof. Er musste nicht weit gehen, das Haus der Menschen, das nun auch sein Zuhause werden sollte, stand nur wenige Straßen entfernt von dem Platz, an dem er angekommen war.

Das Haus hatte einen wundervollen, großen Garten, der von einem mit Blumen bewachsenen Holzzaun umgeben war. Unglaublich viele, neue Eindrücke drangen von allen Seiten auf Lobo ein, es fiel ihm schwer, all das zu registrieren und in sich aufzunehmen. Er war dankbar dafür, dass die Menschen ihn nicht bedrängten, sondern ihm Zeit ließen zu verstehen, was da mit ihm passierte. Im Haus hatten sie verschiedene Ruheplätze für Lobo hergerichtet, und nachdem er die erste Mahlzeit im neuen Zuhause bis auf den letzten Krümel verschlungen hatte, legte er sich vorsichtig auf eines der gepolsterten Kissen und schlief sehr bald ein, schlief ein in den Beginn eines neuen Lebens ...

★

Und sie lebten glücklich und zufrieden bis ans Ende ihrer Tage?

In der Tat – hier hätte die Geschichte nun eigentlich ein glückliches Ende finden können, die Geschichte von Lobo, dem Hund, der sein Zuhause verloren hat und zum Straßenhund wurde; dem Hund, dem in seiner Heimat weder Liebe noch Achtung entgegengebracht worden waren und der nach langer entbehrungsreicher Zeit in ein anderes, ein fremdes Land reisen durfte, in ein neues Zuhause, in dem er willkommen war und geliebt wurde.

Doch die Geschichte endet hier nicht, sie geht weiter ...

Für Lobo war es der Beginn eines Lebens, das für ihn nicht nur fremd und gewöhnungsbedürftig war, sondern so komplett anders als alles, was er zuvor kennengelernt hatte, dass er sehr häufig Probleme hatte zu verstehen, was mit ihm passierte. Manchmal hatte er das Gefühl, zwei Leben gleichzeitig zu führen. Das Leben im Außen, dieses neue Dasein mit einem geregelten Tagesablauf, mit Menschen, die für ihn sorgten, bot ihm alle Annehmlichkeiten, die ein Hund hat, der als vollwertiges Familienmitglied lebt. Im Inneren führte er aber immer noch ein Leben, das ebenfalls sein eigenes war. Ein Leben in Freiheit, in Selbstbestimmung und Eigenverantwortung – ein Leben in tiefer Sehnsucht nach seiner Heimat, nach den grünen Hügeln und Tälern am Fuß der majestätischen Berge ...

Oft war er ruhelos und hin- und hergerissen. Das kleine Mädchen – Katharina – liebte ihn sehr. Auch für ihn war sie, nach dem alten Mann und seinem großen Freund auf der Straße, das erste Wesen, dem er hingebungsvoll zugetan war. Er hätte sein Leben für sie gegeben, folgte ihr auf Schritt und Tritt.

Doch gleichzeitig fühlte er sich an manchen Tagen auch

fremdbestimmt und wie in einem goldenen Käfig. Er hatte alles, was man sich wünschen konnte: gutes, nahrhaftes Futter, regelmäßige Spaziergänge, einen eigenen Garten, gepflegt und wunderschön. Er lebte in einem Haus, hatte gemütliche Ruheplätze und zweimal im Jahr fuhr er mit seiner Familie in den Urlaub. Aber alles, das gesamte Leben, unterlag in diesem Land strengen Regeln, selbst das Aufwachen und Schlafengehen.

Katharina war mittlerweile eingeschult worden, sie hatte nun nicht mehr so viel Zeit für Lobo. Oft lag er alleine im Garten oder vor der großen Terrassentür und wartete. Er wusste selbst nicht genau, worauf er eigentlich wartete. Da war ein Gefühl in ihm, als würde er auf das Wesen warten, das er in seinem Heimatland zurückgelassen hatte – auf sich selbst; denn so manches Mal spürte er deutlich, dass dieser Hund, der hier lag, nicht er selbst war oder zumindest nicht vollständig war. Er sah sein Spiegelbild in der Glasscheibe der Terrassentür, sah das Leuchten der Sterne auf seinem Halsband. Das wunderschöne Halsband war ein Geschenk von Katharina gewesen. Sie hatte es für ihn ausgesucht, wenige Tage, nachdem er damals hier angekommen war. Er trug es gerne und mit Stolz. Es war sehr besonders, schwarz, mit einem feinen roten Rand und übersät mit goldenen Sternen. Auf einer kleinen freien Stelle stand sein Name: Jasper.

Jasper, das war jetzt sein Name. Selbst den Namen hatte er in diesem neuen Leben gewechselt und manches Mal wusste er nicht, wer er war – Jasper oder Lobo ...

Er dachte oft an die weite Landschaft seiner Heimat – dort, wo er der Hund mit Namen Lobo gewesen war, der mit einem alten Mann gelebt hatte und durch die freie Natur gestreift war.
Hier war er Jasper. Jasper mit dem schönen Halsband, der zweimal im Jahr in den Urlaub fahren durfte ...

Allerdings gab es auch Zeiten, in denen er rundum glücklich und zufrieden war. Das waren meist Zeiten, in denen Katharina viel Zeit für ihn hatte, in denen sie zusammen Abenteuer erlebten und das Leben sehr intensiv genossen. Einige Male schon hatte er Katharina hilfreich zur Seite stehen können. So hatte er einen Wegelagerer vertrieben, der Katharina belästigen wollte, ein anderes Mal war er nach Hause gelaufen, um Hilfe zu holen, als Katharina unvorsichtigerweise durch das Eis eines zugefrorenen Tümpels gebrochen war und sich nicht alleine befreien konnte.
Das gemeinsame Leben hatte sie stark miteinander verbunden. Oft schloss Katharina den Hund in die Arme und drückte ihn herzlich an sich. Sie liebte ihn über alles, sie war so glücklich, dass er bei ihr war. Sie wollte immer für ihn sorgen, es sollte ihm an nichts fehlen – er war ihr bester Freund.
Doch trotz allem war da immer wieder diese Sehnsucht in Lobo, manchmal weit weg und tief in ihm vergraben, manchmal ganz nah. Er konnte seine Heimat nicht vergessen. Er träumte von der weiten Landschaft, dem endlosen Sternenhimmel, der Einsamkeit in den Wäldern, der Zwiesprache mit der Natur.

Und eines Abends, als er in einer lauen Sommernacht auf der Terrasse lag, schoben sich plötzlich die Wolken, die nach einem Gewitter bereits den ganzen Tag über schwer am Himmel gehangen hatten, wie von Geisterhand gezogen auseinander. Sie gaben den Blick frei auf einen glitzernden Sternenhimmel. So schön hatte er die Sterne noch nie gesehen, seit er hier angekommen war. Plötzlich wurde die gesamte Sehnsucht, die in ihm schlummerte, durch diesen Anblick freigesetzt. In diesem Moment reifte in Lobo ein Entschluss, der Entschluss, dass er gehen musste – er musste nach Hause, er wollte nach Hause.

Sein Herz verkrampfte sich. Er liebte die kleine Katharina und ihre Eltern über alles und er wusste, dass auch sie ihn liebten, dass er ein Mitglied der Familie geworden war. Doch sein Herz schlug für die Berglandschaft Rumäniens und seine Entscheidung war getroffen.

Viele Male hatte er in den letzten Jahren, mehrmals im Jahr, den Transporter kommen und wieder wegfahren sehen. Die freundlichen Tierschützer, die mit seinen Menschen befreundet waren, wohnten ja nur wenige Straßen entfernt, er war mit Katharina dort oft zu Besuch gewesen. Er kannte den Ablauf: Hunde wurden aus seiner Heimat hierher und zu Familien gebracht, die sie aufnahmen. Der Transporter fuhr einige Tage später wieder zurück, beladen mit allen möglichen Gütern, mit Kissen und Decken und Körbchen, Futter und Medikamenten, Spielzeug und anderen nützlichen Dingen.

An einem der nächsten Tage wartete er, bis es dunkel geworden und seine Familie zu Bett gegangen war. Es war eine laue Frühsommernacht, die Terrassentür blieb dann auch nachts weit geöffnet. Er ging durch das gemütliche Wohnzimmer und verließ den Raum durch die große Flügeltür. Auf der Terrasse blieb er stehen und sah zum Haus zurück. Sein Herz war schwer, es schmerzte stark, eine gewaltige Last schien auf seinen Schultern zu liegen. Er zögerte. Was sollte er tun? Sein Entschluss stand eigentlich fest. Jedoch fühlte er sich hin- und hergerissen. Wenn er jetzt ging, war es endgültig, er würde nicht wieder zurückkehren. Sollte er das alles wirklich aufgeben, sein Heim, diesen Platz zum Leben und vor allen Dingen die Liebe seiner Menschen? Er wusste, dass Liebe nie vergehen konnte, dass er sie immer lieben würde, so wie sie ihn, doch in diesem Moment tröstete ihn das nicht. Er stand noch immer mitten auf der Terrasse und konnte nicht vorwärts- und nicht zurückgehen. Es schien ihm, als seien Stunden vergangen, als plötzlich sich ein Stern am Himmel löste und in einem weiten Bogen – gefolgt von einem hell glühenden Schweif – als Sternschnuppe über den Horizont glitt. Er blickte in den Himmel und registrierte erst jetzt das leuchtende Glitzern der Sterne. Die Sternschnuppe war nicht mehr zu sehen, sie war dort verschwunden, wo bisher an jedem wunderschönen Morgen den er in den letzten Jahren hier verbracht hatte, die Sonne aufgegangen war – im Osten, dort, wo seine Heimat lag, sie hatte ihn gerufen.

Er gab sich einen Ruck und verließ die Terrasse. Den Weg zum Hof der befreundeten Tierschützer kannte er genau, so viele Male war er in den letzten Jahren mit seinen Menschen dort gewesen. Durch ein kleines Loch im Zaun schlüpfte er in den großen Hof und stand kurze Zeit später vor dem Transporter. Er war bereits fertig gepackt, hoch aufgetürmt stapelten sich die Güter für die Hunde. Die Türen des Transporters waren verschlossen. Lobo überquerte den Hof, legte sich unter den großen Busch neben der Garage. Hier fiel er in einen leichten Schlaf. Er wusste, dass es nicht mehr lange dauern würde, meist begaben sich die fleißigen Helfer sehr früh am Morgen auf die lange, beschwerliche Fahrt. Seine Sinne waren aufs Äußerste geschärft, deshalb entging es ihm nicht, als es kurz vor Sonnenaufgang lebendig wurde im Haus. Schnell verließ er seinen Ruheplatz und huschte unter das Auto. Die ihm vertrauten Menschen ließen nicht lange auf sich warten. Die Transportertüren wurden geöffnet, Verschiedenes noch ein- und umgeräumt. Nun hieß es schnell sein. Während einer der beiden Menschen um das Fahrzeug herumging, um ein letztes herumstehendes Gepäckstück zu holen, sprang Lobo in den Transporter und kroch hinter den ersten Kistenstapel. Keinen Moment zu früh, denn schon kam der Mensch zurück, packte eine prall gefüllte Tasche in das Fahrzeug und schloss schwungvoll und mit lautem Knallen die seitliche Schiebetür. Bereits kurze Zeit später wurde der Transporter gestartet und rollte vom Hof.

★

Lobo lag versteckt auf der Ladefläche, und während sich das Fahrzeug immer weiter entfernte, zerriss es ihm fast das Herz. Er litt unsäglich darunter, die Menschen zu verlassen, die er so lieb gewonnen hatte und die so gut zu ihm gewesen waren. Er wusste, er würde sie nie wieder sehen. Doch seine Heimat rief ihn, er musste ihrem Ruf folgen. Er war in Freiheit geboren worden, es fiel ihm immer schwerer, in strenge Regeln gepresst zu leben. Jedoch war sein Leben in den letzten Jahren vor seiner Ankunft in Deutschland karg und entbehrungsreich gewesen. Es war klar, in den Straßen der Stadt wollte er nie wieder leben müssen. Sein Plan war, zu versuchen, zu seinem Ursprung zurückzukehren. Er wollte die Berge wieder sehen und das kleine Haus in den Hügeln, in dem er so glücklich gelebt hatte. Er wollte dorthin zurück, um seine letzten Jahre dort zu verbringen. Eine tiefe Hoffnung war in ihm, dass irgendwann auch die Menschen in seiner Heimat verstehen würden, dass Tiere fühlende Mitgeschöpfe sind. Dann würde ein liebe- und lichtvolles Leben für alle möglich werden, ein Leben in Frieden und Harmonie, in gegenseitiger Achtung und gegenseitigem Vertrauen.

Die Fahrt schien endlos zu dauern, er verlor jedes Gefühl für Zeit. Mehrere Male stoppte der Transporter, setzte sich aber nach einer Weile wieder in Bewegung. Die Türen des Ladebereiches wurden während der kurzen Pausen für Fahrer und Beifahrer nicht geöffnet; gab es doch dazu keine Veranlassung, ahnte doch niemand, dass ein blinder Passagier an Bord war.

Irgendwann stoppte der Transporter und fremde Stimmen drangen an Lobos Ohren. Die Schiebetüren des Fahrzeugs wurden nun geöffnet, mehrere Menschen schienen sich davor versammelt zu haben. Einer nach dem anderen packte eine Kiste oder Tasche und entfernte sich damit. Als der letzte Helfer ihm den Rücken gekehrt hatte, sprang Lobo schnell aus dem Auto und lief davon. Keiner der Anwesenden hatte bemerkt, dass der blinde Passagier von Bord gegangen war, und niemand hatte bis jetzt davon erfahren, dass in Deutschland die kleine Katharina weinend neben dem leeren Hundekorb saß und mittlerweile eine große Suchaktion für Lobo gestartet worden war.
Auch Lobo ging es nicht gut. Zwar hatte er Glück gehabt, der Transporter war, wie er es gehofft hatte, in „seiner" Stadt angekommen. Hier kannte er sich einigermaßen gut aus, er wusste, wo er Schutz suchen konnte. Doch zum einen zehrte die Trauer um den Verlust seiner Familie an ihm, zum anderen war er mittlerweile nicht mehr sicher, ob seine Entscheidung richtig gewesen war. Was sollte er nun tun? Es war ihm vor seiner Reise nach Deutschland nicht gelungen, diese Stadt zu verlassen und nach Hause zurückzukehren, wie sollte er es nun erreichen können? Er wusste nicht, wohin er sich wenden sollte. In welche Richtung sollte er gehen? Aus der Distanz betrachtet, von seinem sicheren Zuhause in Deutschland aus, war er hoffnungsvoll gewesen und voller Zuversicht, doch die schien ihn nun zu verlassen. Hier holte ihn nun die Realität ein und seine Hilflosigkeit wurde ihm schmerzhaft bewusst.

Wohin sollte er gehen?
Wie sollte er den Weg finden, den Weg zu dem Platz, an den er gehörte?

Lobo fragte sich, ob seine Entscheidung richtig gewesen war …

Am Abend seiner Ankunft in der lärmenden Stadt zog es ihn in den nahen Park. Hier hatte er schon oft zuvor Zuflucht gesucht. Die alten Bäume waren ihm sehr vertraut, sie schienen ihm Trost spenden zu wollen. Er rollte sich am Fuß eines besonders großen Baumes zusammen, während der letzte Rest Zuversicht ihn zu verlassen drohte.
Hier im Park waren die Geräusche der nächtlichen Stadt nur gedämpft zu hören. Der Wind rauschte leise durch die Wipfel der mächtigen Bäume. Plötzlich glaubte Lobo, ein Rufen zu hören, das ihn dazu veranlasste, seinen Blick zu den Baumkronen zu heben, dorthin, von wo er den flüsternden Ruf vernommen hatte. Der Wind bewegt die dicht belaubten Äste. Für einen kurzen Moment teilte sich die Baumkrone und gab den Blick frei auf das sternenübersäte Firmament. Und während Lobo den wunderschönen Anblick genoss, löste sich ein besonders hell scheinender Stern aus einer großen Gruppe. Er bewegte sich zuerst langsam, dann immer schneller über den Himmel, gefolgt von einem strahlenden Schweif aus Licht.

Lobos Körper spannte sich, eine Welle immenser Kraft und Energie schien durch ihn hindurch zu fließen. Er sprang auf die Pfoten und sah, wie die Sternschnuppe an einem weit entfernten Punkt am nächtlichen Horizont verschwand. Lobo lief los, sein Blick fixiert auf die Stelle, an der der glühende Stern verschwunden war. Er lief die ganze Nacht hindurch, sah nicht nach rechts und nicht nach links und wurde nicht müde. Die Nacht wich dem beginnenden Tag. Als die ersten Sonnenstrahlen erschienen, hatte Lobo die Stadt längst hinter sich gelassen. Nun erst erkannte er, dass die Sonne exakt an dem Punkt aufging, an dem in der Nacht die Sternschnuppe verschwunden war. Er lief also direkt nach Osten. Er verlor seine anfängliche Angst, vom Weg abzukommen. Er wusste nun, er musste direkt nach Osten gehen, dann würde er sein Ziel erreichen. Der Weg nach Osten würde ihn zu seiner Heimat führen, zu dem Platz, den er liebte und der auf ihn wartete.

Die Tage vergingen. Lobo war in guter Kondition, körperlich stark und belastbar, bedingt durch sein gutes Leben in den letzten Jahren in Deutschland. Er mied stark befahrene Straßen, oft ruhte er sich tagsüber aus und setzte seinen Weg erst in der Nacht fort.
So lief der tagein und tagaus, viele Wochen lang. Die Strapazen der Wanderung machten sich nach und nach allerdings doch bemerkbar. Er war mittlerweile immerhin über 10 Jahre alt und selbst die Kräfte der Jugend hätten nicht ausgereicht, die mühsame Wanderung problemlos zu überstehen. Er wurde schwächer, seine Ruhepausen mussten deshalb zwangsläufig länger werden.

Eines Abends erreichte er einen kleinen Ort. Das Gelände rund um diese Siedlung war unzugänglich und schwierig zu begehen. Die Umgehung der Stadt hätte ihn viel Anstrengung und Zeit gekostet, deshalb beschloss er, sie – gegen seine sonstigen Gewohnheiten – zu durchqueren. Es war ihm nicht wohl dabei, es beunruhigte ihn. Im Schutz der frühen Dunkelheit schlich er in die kleine Stadt und hoffte, sie bald hinter sich lassen zu können. Da begann es zu regnen, der kalte Regen prasselte auf seinen Rücken. Der Sommer war längst vergangen, der frühe Herbst war ungewöhnlich kalt. Es schien ihm, als stünde in diesem Jahr ein zeitiger Wintereinbruch bevor.

Lobo war sehr müde, er fror, und ein scheinbar verlassenes Haus am Stadtrand schien ihm ein guter Platz zu sein, um vor dem Wetter Schutz zu suchen. Die Tür des Hauses hing schief in den Angeln, der Wind zerrte daran. Lobo ging nicht weit in das alte Haus hinein, sondern rollte sich unmittelbar hinter der Haustür erschöpft auf dem kahlen Boden zusammen. Er schlief sofort ein und bis in den frühen Morgen hinein.

Er hatte so fest geschlafen, dass er die Stimmen der Kinder erst dann hörte, als sie unmittelbar neben ihm ertönten. Im ersten Moment spürte er Freude – Kinderstimmen – Katharinas freundliche Kinderstimme schien von weit her an sein Ohr zu dringen. Doch der Schmerz, den er dann spürte, riss ihn aus seinen Träumen. Diese Kinder, die wohl das verlassene Haus zu ihrem Spielplatz ernannt hatten, waren ihm nicht wohl gesonnen. Sie hatten den schlafenden Hund entdeckt und nun prasselte ein Regen aus scharfkantigen Steinen auf ihn ein. Er sprang auf und rannte um sein Leben. Doch ein besonders großer Stein traf ihn am rechten Hinterbein. Nach dem ersten schneidenden Schmerz schien sein Bein gefühllos zu werden. So schnell er konnte, rannte er davon. Er blieb erst stehen, als das Rufen und Schreien hinter ihm verstummt war. Er zitterte und der Schmerz, der nun plötzlich wieder in sein Bein strömte, ließ ihn winselnd zusammenbrechen.

★

Einige Stunden waren vergangen. Lobo wusste, dass es den sicheren Tod bedeuten würde, wenn er nun aufgab und liegen blieb. Mühsam erhob er sich und versuchte zu gehen. Das Bein war dick geschwollen, die Belastung schmerzte, aber es ging, es musste gehen, er musste voran. Und so trottete er weiter. Der lockere Trab, in dem er viele, viele Kilometer zurückgelegt hatte, war nun einem mühsamen Stolpern gewichen. Lobos Traurigkeit war unbeschreiblich. Nur sein unbändiger Lebenswille und der Wunsch, seine Heimat zu erreichen, hielten ihn aufrecht. Und so ging er weiter.

Sein Kopf war vor Schmerzen meist tief gesenkt, deshalb bemerkte er vorerst nicht die Veränderungen in der Landschaft. Sanfte Hügel, deren eigentlich grünes Gras nun durch die Hitze des Sommers verdorrt war, zeigten sich rechts und links seines Weges. Fern am Horizont erschienen hohe, graue Berge. Lobo konnte es zuerst nicht glauben, als er die Veränderung registrierte und sich ihm die ersten Ausläufer der vertrauten Landschaft zeigten. Doch sein Herz schlug stärker, er spürte es in seinem Herzen, dass er sich seinem Ziel näherte. Gleichzeitig mit der Freude, die er empfand, stiegen Bedenken in ihm auf. Er hatte geplant, sich auf dem Hof einen Unterschlupf zu suchen. In seinem vertrauten Revier kannte er sich aus, er war immer noch ein guter Jäger. Doch die Sehnsucht nach dem Platz, an den er gehörte, hatte ihm nicht vor Augen geführt, hatte ihn vergessen oder verdrängen lassen, dass er alt wurde. Und nun war er zusätzlich schwer verletzt. In den vergangenen Nächten hatte er menschliche Siedlungen durchquert und dort die Abfälle nach Essbarem durchsucht. Doch er wusste, dass nun nur noch einige wenige menschliche Behausungen auf seinem Weg lagen, die ihm Hoffnung auf etwas Nahrung gaben. Sein Zuhause schließlich lag einsam und weit ab von Ortschaften. Der alte Mann hatte die Einsamkeit in der Natur geliebt. Wie sollte er, Lobo, sich mit dem verletzten Bein dort ernähren können?
Doch es gab nun kein Zurück mehr für ihn, er musste vorwärts gehen.

Und tatsächlich erreichte Lobo eines Abends, mit wunden Pfoten, abgemagert und mit schmerzendem Bein, den vertrauten Hof. Seit dem frühen Morgen waren immer wieder kleine Schneeflocken in der Luft gewesen und kündeten den nahenden Winter an.

Über acht Jahre waren vergangen, seit er diesen Platz verlassen hatte. Er erkannte die Gebäude sofort wieder, auch wenn sie etwas verändert schienen. Und so näherte er sich ihnen vertrauensvoll. Doch was war das? Die Freude darüber, dass der Hof noch da war, dass er ihn gefunden hatte, wich einem eisigen Schrecken: Im Haus brannte Licht! Im Grunde seines Herzens liebte Lobo die Menschen und suchte, trotz allem, was ihm widerfahren war, immer wieder ihre Nähe. Doch er war sehr vorsichtig geworden. So viele Schmerzen waren ihm zugefügt worden, so viel Leid anderer Hunde hatte er miterleben müssen. Nun war er hier – alleine, wehrlos und ausgeliefert – und hatte große Angst.
In diesem Moment nun, müde, erschöpft und verletzt, verließen ihn seine letzten Kräfte und er brach zusammen.

Lobo hatte es tatsächlich geschafft. Er erreichte sein geliebtes Zuhause nach langer Wanderung und am Ende seiner Kräfte.

Es war noch früher Abend und Catalina saß mit ihren Eltern beim Abendessen. Catalina war acht Jahre alt, ein fröhliches, sanftes Mädchen mit langen braunen Locken. Sie war hier auf diesem Hof geboren. Kurz vor ihrer Geburt hatten ihre Eltern die Großstadt verlassen und beschlossen, ihr weiteres Leben auf dem Land zu verbringen. Die Kinder sollten naturverbunden aufwachsen und die Möglichkeit bekommen, eine intensive Verbindung zu ihrer Heimat aufzubauen. Sie freuten sich, als sie nach langer Suche endlich einen passenden Hof fanden. Kurz vor Catalinas Geburt zogen sie schließlich in diese ursprüngliche Gegend. Catalinas Bruder Malo wurde vier Jahre später hier geboren. Die Kinder liebten den Hof und alle Tiere, die hier mit ihnen lebten.

Bereits den ganzen Tag über hatte Catalina einzelne Schneeflocken tanzen sehen. Sie mochte den Winter, dementsprechend freute sie sich auf den ersten Schnee. Nun musste aber noch rasch bei den Tieren im Hof nach dem Rechten geschaut werden. Sie sorgte stets gut und sehr gerne für die Tiere. Besonders heute sollten die beiden Kühe, die Schafe und die Hühner die kalte Nacht trocken, satt und sicher im Schutz der Scheune verbringen dürfen. Die beiden Katzen hatten es sich bereits im Haus gemütlich gemacht, sie dachten nicht daran, bei diesem Wetter nochmals nach draußen zu gehen.
Catalina verließ das Haus und schlug den Weg zur Scheune ein. Schon aus der Entfernung sah sie den Hund, dessen weißes Fell im Licht der Lampe leuchtete, mitten im Hof liegen. Eilig rannte sie zu ihm. Lobos Augen waren geöffnet und er blickte ihr angstvoll entgegen. Er war nicht mehr in der Lage davonzulaufen. Er war angekommen, sein Schicksal lag nun in den Händen dieser Menschen, die hier lebten. Catalina kniete sich neben den erschöpften Hund und streichelte ihn sanft. Dann rannte sie schnell zurück zum Haus und rief nach ih-

ren Eltern. Während ihr Vater hinter ihr her eilte, fielen die Schneeflocken dichter und dichter. Schnell trug der Vater den verletzten Hund ins Haus. Catalina beeilte sich indessen zu den Tieren zu kommen und brachte sie in die sichere Scheune. Während sie noch Heu und anderes Futter verteilte, heulte der Wind stärker. Der erste Schneesturm des Winters kündigte sich an.

Lobo lag inzwischen auf einem trockenen Lager im warmen Wohnraum der Familie. Mittlerweile war auch Catalina von der Versorgung der Tiere zurück ins Haus gekommen. Sie hatte kaum die Tür hinter sich geschlossen, als der erste heftige Wintersturm über das Land brauste.

Erst hier, im hellen Licht, konnte Catalina das Halsband erkennen, das der Hund trug. Es war außergewöhnlich und wunderschön, schwarz, mit einem feinen roten Rand und übersät mit goldenen Sternen. Auf einer kleinen, freien Stelle stand ein Wort: Jasper. Sie las das fremde Wort mit einer seltsamen Betonung, doch ließ selbst der ungewohnte Klang des vertrauten Namens Lobo winselnd den Kopf heben. So lange hatte er den Namen nicht gehört, den Katharina ihm gegeben hatte. Nun lag er hier, an seinem Ziel angekommen, und dachte an das kleine Mädchen weit entfernt. Sein Blick wanderte durch den Raum. Er sah ganz anders aus, als er ihn in Erinnerung hatte. Dort, wo die kahle Feuerstelle gewesen war, stand nun ein schöner großer Kamin, in dem das Feuer brannte. Die Wände waren nicht mehr roh und einfach, sondern wohnlich hergerichtet, auf dem Boden lag ein weicher Teppich. Auch die Möbel, die hier standen, waren hell und freundlich anzuschauen. Seufzend schloss er die Augen, er war unendlich dankbar für die liebevolle Aufnahme.

Catalina, ihr kleiner Bruder und die Eltern kümmerten sich sorgsam um Lobo, deshalb kam er schnell wieder zu Kräften. Den Vater verwunderten nach wie vor das Halsband sowie die Hundemarke daran. Teile der offensichtlich deutschen Worte konnte er noch entziffern, aber die Nummer war unleserlich und zerkratzt. Wie mochte ein Hund aus Deutschland hierher in die Einsamkeit gekommen sein?
Er nahm sich vor, bei Gelegenheit seinem Bruder, Catalinas Onkel, von dem Hund zu berichten. Da sein Bruder in der Großstadt bei einer Zeitung arbeitete, konnte er vielleicht behilflich sein, die Geschichte, die sich offensichtlich dahinter verbarg, aufzuklären. Doch immer wieder kam etwas dazwischen. Aus diesem Grund dauerte es immerhin ein Jahr, bis Catalinas Onkel von dem Vorfall erfuhr und einen kleinen Bericht für eine Zeitung in Deutschland verfasste.

★

Katharina und ihre Eltern suchten verzweifelt nach ihrem Hund. Sie gaben auch Monate und Jahre nach seinem Verschwinden nie die Hoffnung auf, ihn wiederzusehen oder zumindest etwas über seinen Verbleib zu erfahren. Er war ein geliebtes Familienmitglied gewesen, sein mysteriöses Verschwinden belastete alle Beteiligten sehr.
Doch waren da gleichzeitig irgendwie immer das Gefühl und die Hoffnung, dass es ihm gut ging, dass alles so sein sollte und gut und richtig war.

Der Morgen, an dem Katharina, nun mittlerweile 13 Jahre alt, von einem Hund erfuhr, der mit einem Halsband mit goldenen

Sternen in Rumänien gefunden worden war, wird sicherlich für alle Zeiten im Gedächtnis aller Familienmitglieder bleiben. Die Umstände waren geradezu abenteuerlich gewesen. Eine kleine Vase aus Glas, die Katharina für ihre Mutter gekauft hatte, war von einer netten Verkäuferin sorgfältig in altes Zeitungspapier gewickelt worden. Zu Hause fiel Katharinas Blick zufällig auf das zerknitterte Stück Papier. Sie traute ihren Augen nicht, als sie dort den kleinen Bericht las, den Catalinas Onkel zwei Jahre zuvor verfasst hatte und dessen Übersetzung in dieser Zeitung gedruckt worden war. Der Hund, von dem die Rede war, konnte nur Jasper sein, es gab kein zweites Halsband dieser Art, und auch die Beschreibung des Hundes passte zu Jasper. Die Aufregung war groß, aber mehrere Versuche, eine Adresse oder etwas Näheres über den Verfasser der Notiz zu erfahren, scheiterten vorerst.

Katharina war ein sehr sensibles Mädchen. Sie machte sich stets viele Gedanken. Da sie zu allem Lebendigen eine sehr innige Verbindung hatte und viel Mitgefühl empfand für alle Wesen, verstand sie nach und nach, wie und warum alles gekommen war. So oft hatte sie bemerkt, dass Jasper etwas verloren gewirkt hatte, auch die Traurigkeit in seinem Blick war ihr nicht entgangen. Sie hatte es sich stets mit den schlimmen Erlebnissen seiner Vergangenheit erklärt, doch nun wurde ihr klar, dass er tiefes Heimweh empfunden hatte. Er hatte seinen Weg nach Hause aufgrund seiner eigenen Entscheidung angetreten, hatte dafür alle Annehmlichkeiten und Bequemlichkeiten aufgegeben. Das musste sie akzeptieren und respektieren, und sie beschloss, sollte sie ihn jemals finden, ihn dort zu lassen, wohin es ihn offensichtlich zurückgezogen hatte.
Über ihr gemeinsames, unsichtbares Band der Liebe empfing Lobo diese Gedanken. Er musste seine geliebte Katharina nun

nicht mehr traurig wissen und konnte deshalb auch selbst wieder glücklich werden.
Lobo lebte noch einige Jahre in Frieden auf dem kleinen Hof in seinem geliebten Tal. Zum wiederholten Mal war ihm das Glück beschert worden, von Menschen von Herzen geliebt zu werden. Er starb im hohen Alter von 18 Jahren in den Armen von Catalina.

★

Die beiden Mädchen, Katharina und Catalina, fanden sich schließlich doch noch über Umwege, schrieben sich lange Briefe und hatten sich viel zu sagen. Ihre Freundschaft, die durch Lobos abenteuerliche Heimkehr begonnen hatte, währt nun immer noch.

Catalina lebt mittlerweile in der Stadt, aber nur solange ihre Ausbildung zur Tierärztin andauert, danach möchte sie wieder aufs Land zurückkehren. Dort möchte sie leben, mit genügend Platz und Möglichkeiten, um verletzte, herrenlose Tiere aufnehmen und sich um sie kümmern zu können.

Katharina hat inzwischen eine Ausbildung zur Dolmetscherin abgeschlossen. Sie liebt fremde Sprachen, ihr Anliegen ist es, die Völker der Welt miteinander zu verbinden. Ihre große Liebe gilt jedoch nach wie vor den Tieren und dem Schreiben.
Gerade schreibt sie eine Geschichte mit dem Titel:
„Wir sehen alle die gleichen Sterne ...“ – gewidmet den Straßenhunden von Rumänien und allen Straßenhunden dieser Welt.

Lobo lebte noch viele Jahre in Frieden auf dem kleinen Hof, inmitten der Natur, am Fuß majestätischer Berge.

Nachwort

Zeigen sich nicht dem, der aufmerksam beobachtet, Parallelen auf – zwischen dem Leben der Hunde und dem der Menschen in ihren Heimatländern?
Gibt es nicht auch viele Menschen, die ihre Heimat verlassen, oft nicht wirklich freiwillig, in der Hoffnung, dort in der Fremde ein anderes Leben vorzufinden, ein besseres Leben? Aber ist da nicht oft auch Wehmut, den Platz verlassen zu müssen, an den man gehört?

Wie viele Menschen würden gerne bleiben, möchten nicht ihr Leben in vertrauter Gemeinschaft gegen ein so ganz anderes in einem fremden Land eintauschen. Wie viele sind jedoch gezwungen – aus vielerlei Gründen – die Heimat zu verlassen. Vielleicht wegen politischer Verfolgung, Diskriminierung von Minderheiten, Hunger, Armut ...

Auch viele Hunde würden gerne bleiben, möchten selbst ihr oft so erbärmliches Leben nicht tauschen gegen eines in der Fremde, vielleicht sogar im goldenen Käfig, sind jedoch gezwungen aus vielerlei Gründen, genauso wie die Menschen. Flüchten nicht auch sie vor Hunger und Armut, vor Diskriminierung und Verfolgung?

Großer Dank und Hochachtung gebühren den Menschen, die sich einsetzen für die Hunde und Katzen auf den Straßen. Den Menschen, die versuchen das Elend zu mildern, die versuchen den Tieren ein würdiges Leben zu ermöglichen, sei es, indem sie sie bei sich aufnehmen, indem sie sie in den Straßen betreuen und versorgen – das wenige mit ihnen teilen, was sie haben – oder indem sie sie ins Ausland vermitteln.

Und ist es nicht so, dass die Menschen, welche die Tiere verachten und misshandeln, mit diesem Tun nicht nur die Tiere, sondern auch diese Menschen quälen, die die Tiere lieben, mit deren Elend fühlen und leiden? Diese tapferen Menschen, die viel Kraft, Energie, Zeit und Geld aufwenden, um den Tieren ein würdiges Leben zu ermöglichen, und die für deren Rechte kämpfen, werden von denjenigen missachtet, die weder Mitgefühl noch Liebe empfinden – nicht für die Tiere, nicht für die Menschen, die die Tiere umsorgen, und vielleicht auch nicht für sich selbst.

Aber – wir können sicher sein: Der Stern der Hoffnung leuchtet immer und überall, für alle von uns, auch wenn viele ihn so manches Mal nicht sehen können.

Kann es nicht möglich sein, gemeinsam eine Welt zu erschaffen, in der weder Menschen noch Tiere ein erbärmliches Dasein fristen müssen? Eine Welt, in der alle glücklich und harmonisch miteinander leben können? In der niemand seine Heimat verlassen muss? Ist nicht eigentlich genug für alle da? Haben nicht alle Wesen das gleiche Recht auf Leben? Auf ein gutes Leben? Und sollte es – um dies zu erreichen – nicht möglich sein, auch die zu achten, die anders sind als wir, sei es nun bedingt durch die Farbe der Haut oder die Anzahl der Beine?

Möge sich jede und jeder Einzelne diese Fragen stellen und darüber nachdenken, welches der eigene Beitrag zur Erfüllung dieser Vision sein könnte. Und möge dieser Beitrag auch noch so klein sein, alles, was wir in Liebe und Achtung für ein anderes Wesen tun – ob Mensch oder Tier oder auch Pflanze –, ist ein Baustein für eine glücklichere Welt.

Lobo steht stellvertretend für alle Straßenhunde. Sie alle sind Individuen mit unterschiedlichsten Bedürfnissen.
Doch allen gemeinsam ist das Recht auf ein Leben in Frieden, das Recht aller fühlenden Wesen.

Projekt Sternschnuppenlicht

Das „Projekt Sternschuppenlicht“ wurde ins Leben gerufen, um Straßenhunde und heimatlose Katzen zu unterstützen, insbesondere in Rumänien.
Die Unterstützung erfolgt durch die Herstellung von Büchern, die helfen sollen, in den Menschen das Bewusstsein zu wecken, dass Tiere beseelte, fühlende Wesen sind, die ein Recht auf Leben sowie körperliche und seelische Unversehrtheit haben, genauso wie wir Menschen.

Für das Cover des Buches „Sternschnuppenlicht“, das erste Buch der Trilogie, das mittlerweile bereits in drei Sprachen erschienen ist, hat Zebulon sein schönes Gesicht zur Verfügung gestellt. Auch Zebulon war ein ehemaliger Straßenhund aus Cluj/Rumänien, der Ende 2009 im Alter von sechs Monaten nach Deutschland kam und neun Jahre lang glücklich hier lebte. Durch ihn und das Zusammenleben mit ihm wurde das Projekt letztendlich ins Leben gerufen.

Die Bücher in der rumänischen Übersetzung werden dem rumänischen Tierschutzverein „NUCA Animal Welfare“ kostenlos zur Verfügung gestellt. Sie werden in Rumänien bei Tierschutzaktionen verteilt oder verkauft – wie zum Beispiel bei Aufklärungskampagnen in Schulen –, und vielleicht werden sie auch irgendwann in den Bestand der Schulbibliotheken aufgenommen oder in rumänischen Buchläden angeboten.

Die beiden weiteren Bücher der Trilogie heißen „Sterne sind Hoffnung – in einem Leben ohne Namen“ und „Sternschnuppenklang“. Beide werden in Kürze in die rumänische Sprache übersetzt.

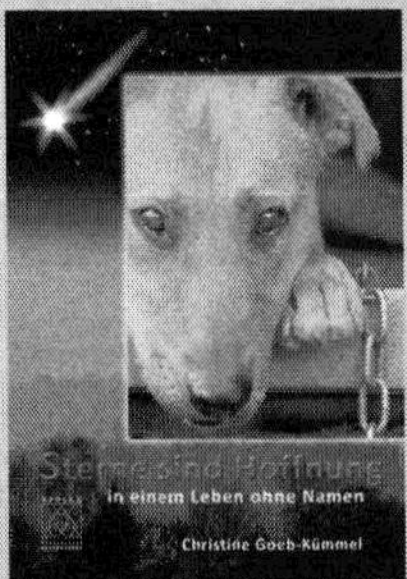

Der rumänische Tierschutzverein NUCA Animal Welfare Asociatia pentru protejarea animalelor NUCA (NUCA animal welfare) wurde im Jahr 2006 gegründet. Der Verein hat sich zur Aufgabe gemacht, die Straßenhundepopulation in Cluj (Klausenburg, im Nordwesten Rumäniens) zu regulieren und zu kontrollieren. Dies erfolgt einerseits durch Kastrationskampagnen und die Rettung und Vermittlung von Tieren, jedoch auch durch Informations- und Bildungskampagnen für Kinder und Erwachsene, wodurch erreicht werden soll, die Bevölkerung zu sensibilisieren und das Aussetzen von Haustieren zu stoppen. Jeden Monat werden allein in der Stadt Cluj (ca. 300.000 Einwohner) ungefähr 200 Hunde jeden Alters ausgesetzt. Die meisten dieser Tiere sind unkastriert und vermehren sich dann unkontrolliert auf den Straßen.

In den vergangenen Jahren wurden durch den unermüdlichen Einsatz der Tierschützer etwas 90 % der herrenlosen

Straßenhunde kastriert. Jedoch ist eine 100%ige Abdeckung nicht möglich, da die verbliebenen 10 % die Quote der Aussetzungsrate wiedergeben, das heißt, es werden auf den Straßen ständig neue Hunde geboren, deren Elterntiere Besitzer hatten. Diese Tiere sind die heutigen Straßenhunde. Horden halbwilder, gefährlicher Tiere, die nicht sozialisiert sind und seit Jahren verwildert leben, gibt es in Rumänien nur noch vereinzelt, im Raum Cluj gar nicht mehr.

Um dieser Situation Herr zu werden, engagiert sich der Verein unter anderem für die Kennzeichnung aller Hunde mit Besitzern durch implantierten Mikrochip und Registrierung. NUCA fordert von der Stadtregierung die Einführung eines Registers für Hunde mit Besitzern, um die Aussetzung von Tieren und den daraus resultierenden ständigen Anstieg der Straßenhundepopulation sowie anhaltende unkontrollierte Vermehrungen zu verhindern.
Die Erfahrungen der vergangenen Jahre haben gezeigt, dass ein Großteil der unkastrierten Straßentiere nicht auf der Straße geboren wurde, sondern von den Anwesen der Bürger stammt. Aus diesem Grund organisiert NUCA seit einiger Zeit auch Kampagnen zur Kastration von Hunden mit Besitzern. Die Kampagnen finden mehrmals jährlich in Cluj und den umliegenden Dörfern statt. Die Hundebesitzer werden informiert, finanziell unterstützt und zu Verantwortungsbewusstsein gegenüber den Tieren angeregt.

www.nuca.org.ro
Die deutschen Partnervereine von NUCA, auf deren Webseiten Sie auch die Vermittlungstiere finden, sind:
www.nuca-in-deutschland.de und
www.grenzenlose-notfelle-ev.de

Vielen Dank für das Interesse am Schicksal der Tiere …
Im Namen von Zebulon, Lobo, Jasper und all ihren Freunden.

Weitere Bücher des Verlags Begegnungen:

Weg da – jetzt komm ich! **Christine Goeb-Kümmel**

Resolute, kleine Straßenhündin mischt achtsame Familie auf. Ein unterhaltsames, heiteres Buch, das mit der Vermischung von Realität, Spiritualität und Fantasie Vertrauen darauf weckt, dass jeder auf die eine oder andere Art eigentlich immer das bekommt, was er braucht.

138 Seiten, bebildert, ISBN 978-3-9814784-2-6
14,95 Euro

Zoe und das Meer **Christine Goeb-Kümmel**

Ehemalige Straßenhündin vermittelt ihre Sicht auf die Welt und das Leben. Humorvolle Spiritualität wird vermischt mit einer großen Portion Erdung und Lebensfreude. Mal nachdenklich und ernst, mal witzig und fröhlich und damit abwechslungsreich und vielschichtig, so wie das Leben selbst. Teil 2 zu „Weg da – jetzt komm ich!"

145 Seiten, bebildert, ISBN 978-3-9814784-5-7
14,95 Euro

Sam – Eine Begegnung **Christine Goeb-Kümmel**

Niemals hätte der gelähmte Marius an diesem sonnigen Morgen im Juli gedacht, dass sein verlorenes Leben wieder einen Sinn erhalten könnte.
Doch dann kommt Sam, ein behinderter Straßenhund und – so wie Marius – ein Außenseiter der Gesellschaft ...

194 Seiten, über 30 Illustrationen, ISBN 978-3-9816162-6-2
16,95 Euro

Wege zum Hundeherz **Ines Kizildere**

Ines Kizildere beleuchtet und hinterfragt in 70 unterhaltsamen Kurzgeschichten Alltägliches im Zusammenleben mit unseren Hunden. Die Geschichten erzählen von der Liebe zu den Tieren, von Freundschaften und Abschieden, von Achtsamkeit und Respekt und den Absurditäten des Alltags ...

170 Seiten, mit Illustrationen, ISBN 978-3-9467233-2-5
14,95 Euro

Katzenrat **Petra Kriegel**
Schwarze Katze – weise Worte

Gespräche mit einer Katze (Tierkommunikation)
Antworten, die unsere Katzen und auch alle anderen Tiere auf unsere Fragen geben, empfängt nur der Mensch, der genau hinhört, der sich einlässt auf Zwiegespräche, die nur auf Seelenebene möglich sind ...

264 Seiten, m. Illustrationen, ISBN 978-3-9816162-8-6
19,95 Euro

Die Wärme des roten Sandes **Christine Goeb-Kümmel**
Der Sinn des Lebens wartet überall ...

Die Juristin Sally und das Straßenkind Jorge treffen an einem Punkt ihres Lebens aufeinander, an dem es für beide nicht weiterzugehen scheint ...

Eine Erzählung über den Weg zum Sinn des Lebens.

165 Seiten, bebildert, ISBN 978-3-9467232-8-8
14,95 Euro

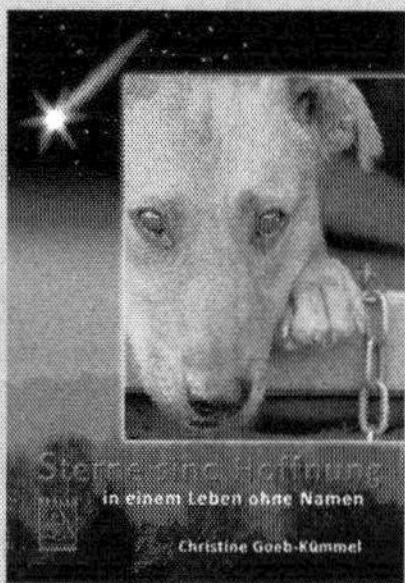

Sterne sind Hoffnung **Christine Goeb-Kümmel**
in einem Leben ohne Namen

In einem Land, in dem nur wenige Menschen ein Hundeleben als wertvoll erachten, lebt eine kleine Hündin ein einsames und freudloses Dasein an der Kette. Viele Jahre lang versucht sie, sich einen Platz in den Herzen der Menschen zu erobern, denn nichts wünscht sie sich mehr, als ein Leben an deren Seite ...

94 Seiten, mit Illustrationen, ISBN 978-3-946723-34-9
14,95 Euro

Auswanderer in Kenia **Karl-Heinz Höver**
Eine Heimat gesucht und sich selbst gefunden

Ein unkonventionelles, ehrliches und sehr persönliches Buch über die Auswanderung des Autors und seiner Frau von Deutschland nach Afrika. Die damit verbundene persönliche Entwicklung ermöglichte ihm eine vollkommen neue Sichtweise auf die Welt und das Leben und auch der Leser erhält neue Erkenntnisse und Denkansätze.
Kurzweilig, motivierend und nicht zuletzt humorvoll ...

191 Seiten, m. farbigen Fotos, ISBN 978-3-946723-41-7
19,95 Euro

Prinzessin Zora
Evelin Althaus (Autorin) und Efi Kokkinaki (Malerin)

Die kleine ungarische Straßenhündin Zora wird von einem mürrischen Hundegeist dafür ausgewählt, eine besondere Aufgabe zu erfüllen ...

Ein liebenswertes Kunstbuch mit aussagestarken Malereien und einer zauberhaften Geschichte – geeignet für Jung und Alt

ISBN 978-3-946723-40-0,
zweisprachig (Deutsch/Englisch)
56 Seiten, Hardcover, komplett farbig

21,95 Euro

Weiterführende Informationen

zu den Büchern und Aktivitäten des Verlags Begegnungen

erhalten Sie unter

www.verlagbegegnungen.de

VERLAG

BEGEGNUNGEN

Wir freuen uns über Ihr Interesse,

über Feedback und Anregungen!